CÍRCULO *Luna Parque*
DE POEMAS *Fósforo*

A previsão do tempo para navios
ou
Meteoceanográficas
ou
Aviso de mau tempo

Rob Packer

7   [*Aqui é a BBC*]
11 Aviso ao leitor

Crepúsculo
15 A noite cai

1. *Sinopse geral*
19 [*Sinopse geral*]
20 [*Dizem*]
21 [*Antes, os alertas*]
22 [*Minha estratégia*]
23 [*Será que é o sol*]
24 [*Depois desses eventos*]
25 [*Estou perdendo*]
26 [*Há um sistema*]
27 [*Na escola*]
28 [*A Grande Tempestade*]
29 [*Em outubro de 2017*]
30 [*Ofélia passou sobre a Irlanda*]
31 [*Alguns dias antes*]
32 [*Antes de ir embora*]
33 [*Quando meu pai trabalhou*]
34 [*Tomei o mesmo rumo*]

2. *A previsão setorial*
37 [*A previsão setorial*]
39 [*Acontece frequentemente*]
40 [*Estando sujeito a esse*]
41 [*Quando estava na escola*]
42 [*Mas nunca pude esquecer*]
43 [*Assim como não se falava de poesia*]
44 [*No Brasil, as pessoas*]

45 [*Talvez por isso*]
46 [*A influência do capital britânico*]
47 [*Além disso*]
48 [*Nunca visitei o Cemitério dos Ingleses*]

    3. As estações marginais
51 [*E agora os informes*]
53 [*Minha imaginação geográfica*]
54 [*No Mediterrâneo*]
55 [*Uma vez mandei uma gravação*]
56 [*Em 2013, visitei o Inhotim*]
58 [*Caminhamos pelos jardins*]
59 [*Às vezes são*]
60 [*Naquele tempo minhas retinas*]
61 [*A visibilidade é prevista*]

    4. Águas costeiras
65 [*E agora a previsão*]
68   O lago em Claremont
72   On Hungerford Bridge
74   Na zona portuária

    5. Hino e encerro
85 [*Fim da Terra*]
87 [*Minha presença*]
89 [*Completa-se*]

    Aurora
93 [*As condições de pressão mudam*]
94 [*Para o período da previsão*]

Aqui é a BBC.

Agora a Previsão do Tempo
para Navios
publicada pelo Departamento
Meteorológico
em nome da Agência Marítima
e da Guarda Costeira
à meia-noite e quinze
de segunda-feira,
primeiro de janeiro de ____.

Há alertas de vendaval em
                Viking
                Utsira do Norte
                Utsira do Sul
                Quarentões
                Cachorrão
                Pescador
                Mordida alemã
                Humber
                Tâmisa
                Dover
                Bruxo
                Terra do Porto
                Plymouth
                Biscaia
                Finisterra
                Linguado

Tegunda
Rede-Veloz
Mar da Irlanda
Shannon
Rochatudo
e Malin.

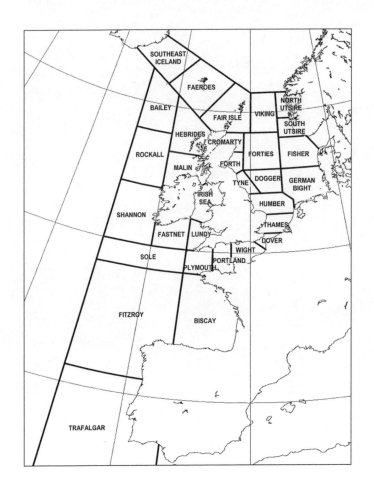

Aviso ao leitor

Quatro vezes por dia, todos os dias, a BBC transmite a previsão do tempo para navios. O formato da previsão deve ser antiquíssimo, porque a linguagem usada parece um código secreto da era vitoriana. A primeira vez que a ouvi quando criança, não entendi nada, mas fiquei intrigado com o ritmo que usavam e as palavras enigmáticas. Ainda não entendo boa parte. O enigma persiste. Assim, para mim — e talvez para a maioria dos ouvintes — a previsão do tempo para navios não cumpre com a sua função:

o informe não informa.

Mas pode ser uma questão de ofício.

Nunca soube navegar mares.

Aqui, procurei reproduzir em português a estranheza dessas palavras inglesas para ouvidos ingleses, essa relíquia que parece uma mensagem interceptada ou um poema dadá. Sei muito bem que *St David's Head* não significa *Cabeça de São Davi*. Sei que *John o' Groats* não significa *João dos Mil-réis*.

A Marinha brasileira também emite uma previsão meteoceanográfica, mas a versão que apresento nada tem a ver com a nomenclatura oficial usada no Brasil.

Agradeço a Maykson, Marília, Guilherme, Adelaide, Thiago, Thiago, Mariadonata e Wah Ming pelas trocas e pela escuta.

CREPÚSCULO

A noite cai

Quando penso no país onde nasci
do que mais sinto saudade é a noite.

Às vezes a noite cai como um manto ameno e manso.
O campo da visão se multiplica por anos-luz
e o planeta todo
está perto e alcançável.

Eu andava muito à noite, voltando para casa da balada,
do pub, do ponto de ônibus.

Na virada do milênio, por exemplo, eu andei sei lá quanto
tempo — uma hora ou duas — noite adentro, ao lado de
um colega do supermercado onde trabalhava. A gente
falou sobre o quê? Mulheres, provavelmente. Telefones
ou carros. Agora é impensável poder falar tanto tempo
sobre esses assuntos sem me delatar.

Caminhar ainda é possível
mas a noite é diferente.

Eu andava muito à noite, voltando para casa da balada,
do pub, do ponto de ônibus. Até uma hora ou duas.

A repetição dos passos era importante por causa do ritmo,
para não dormir antes de chegar.

O que mais gostava era caminhar ao lado de um espaço
dilatado, de um *wide expanse* inalcançável:

do lado do muro de um parque, do lado do rio, do lado do canal.
Nem tão próximo, mas a uma distância em que ainda fosse possível escutar o silêncio.

Uma vez achei um manequim jogado no lixo ou jogado à beira do rio enquanto caminhava. Não lembro exatamente onde. Mas lembro que aquilo me remetia a uma imagem, provavelmente da TV, de um time de policiais dragando o fundo de um canal até achar um cadáver.

1. SINOPSE GERAL

Sinopse geral
às dezoito horas em ponto

Sistema de baixa pressão   VIKING
       nove sete um, esperado
                     BACIA NORUEGUESA
nove oito um, até as dezoito horas da
segunda-feira.

Sistema de baixa pressão em desenvolvimento
trezentos e cinquenta milhas a oeste de
         LINGUADO
           esperado   BÉLGICA
   nove nove cinco, até o mesmo horário.

Sistema de alta pressão

TRAFALGAR
        mil e trinta e quatro
        movimento lento
        intensificando
        mil e trinta e seis
            até o mesmo horário.

Dizem
que houve um tempo em que o termo *brainstorm*
significava bem mais do que
>   algumas pessoas na sala de reunião tentando
>   solucionar um problema.

O dicionário ainda diz.

brainstorm:
1. um ataque violento e temporário de loucura
2. a. uma ideia brilhante e repentina
   b. uma ideia mal pensada

De tempos em tempos todas as pessoas estão sujeitas a alertas de temporal.

Antes, os alertas de temporal para mim eram causados pelos seguintes fatores:
1. época de provas
2. olhar fixamente a maçaneta do carro dos meus pais enquanto eles dirigiam na estrada, imaginando quão louco seria abrir a porta e me jogar para fora
3. entrevistas de emprego e pedidos de demissão
4. certas regatas de remo
5. estar em outro país e de repente perceber que já não tenho mais dinheiro
6. qualquer processo demorado e burocrático

Hoje, no entanto, eles são sobretudo alertas de temporais políticos.

Minha estratégia para lidar com certas eleições envolve meu afastamento de qualquer canal de informação contínua até a divulgação do resultado final, até o temporal começar.

Não posso mais ver
               voto a voto,
cada distrito, cada estado,
um por um
      aumentando
           aumentando
                aumentando
minha ansiedade, até saber que
            perdemos de novo
e, na última hora, antes de o sol nascer,
já não poder mais dormir.

Já chorei em público incontrolavelmente por causa desses temporais
      na rua, no metrô, no trabalho, no ônibus.

E uma vez, quando me dei conta
de que tinha passado alguns dias sem chorar,
caí em prantos de novo.

Será que é o sol que brilha na janela?
O que dizem de lá me acorda a toda hora
Vizinhos soltam cães que farejam as portas
Tentamos dormir e um olho não fecha

Um call center ligou, há ofertas eternas
As teias de aranha invadem leite e grãos
Se eu durmo sem fim e nada acaba bem?
A faca gira e dói. Alguém fala em fronteiras

O metrô chacoalha sem parar, nunca arranca
Você ainda tem mil mensagens que não leu
Só vi rostos na rua, um sorriso doeu
e ninguém viu que eu me contorcia na calçada

Tem matérias sem fim. Leio, odeio, continuo
As telas iluminam e a noite é insone
Um grito alegre explode num carro que corre —
E quando nasce, o sol faz tanto barulho

Depois desses eventos,
dependo da calma de uma voz
que ordena a geografia
de uma área pequena
do Atlântico Norte,
dividindo-a em quadrantes,
descrevendo-a intensamente,
visualmente,
em sentido horário.
A repetição das estações costeiras,
a repetição dos cabos interrompem o ruído branco,
dando continuidade ao contorno das margens.

Estou perdendo a habilidade de distinguir
o que o apresentador esconde
atrás daquele sotaque da BBC.

Às vezes suponho que a voz vem da Escócia,
                              de Dorset,
                              de Gloucestershire,
                              de Armagh

ou da Jamaica,
    do Gana,
    da Polônia,
    do Paquistão.

Há um sistema de alta pressão na Espanha que chegará à França a certa hora. Mais tarde, a voz anuncia: o sistema "perderá sua identidade".

Essa expressão se restringe aos fenômenos meteorológicos.

Sempre me perguntava quanto tempo levaria até que este processo fosse levado a cabo:

Acredito que comecei a perder a minha identidade
em algum lugar da Alemanha.

Na escola, aprendemos sobre os sistemas climáticos.

Os de alta pressão chamam-se "anticiclone" e trazem estabilidade: calor no verão, frio no inverno.

Já as áreas de baixa pressão são agitadas, trazem chuvas e tempestades.

As ventanias acima de 12 na Escala de Beaufort, ao longo do Atlântico, chamam-se furacões. Em outras partes do mundo, elas têm outros nomes, como ciclone, no Índico, ou tufão, no Pacífico Ocidental.

A Grande Tempestade de 1987 é conhecida na minha família como *The Hurricane*. Eu tinha cinco anos e me lembro da queda de energia, de ouvir a ventania à luz de uma lanterna.

Não me lembro de ter ido para o quarto dos meus pais.

No dia seguinte, havia árvores caídas em todas as ruas entre nós e o mundo. Vi pelo menos cinco, inclusive uma em cima do carro dos meus pais.

O romance *Os anéis de Saturno*, de W. G. Sebald, termina com uma descrição daquele dia, mas para mim, ao lê-lo, literatura e memória se misturam. Às imagens do texto se sobrepõem as lembranças do meu bairro quando criança.

Naquela noite foram derrubadas aproximadamente catorze milhões novecentos e noventa e nove mil e novecentas e noventa e cinco outras árvores.

Em outubro de 2017, passados exatos trinta anos daquele furacão, o céu de Londres ficou alaranjado devido à passagem de outro furacão: Ofélia.

Não era possível saber se aquela cor era resultado da poeira do Saara ou de incêndios nas florestas portuguesas ou galegas.

Lembro de céus assim antes da chegada de tufões em Hong Kong.

Ofélia passou sobre a Irlanda e a Escócia antes de perder sua identidade.

Alguns dias antes, eu abrira a persiana duas vezes durante o voo a caminho de Londres.
    Ao cruzar as ilhas Canárias,
    avistei a Europa
    e pensei:
    casa.
A segunda vez, enquanto sobrevoávamos a Galícia, perguntei-me se aquela cidade lá embaixo era A Coruña.

Antes de ir embora da Inglaterra, as pessoas sempre me perguntavam sobre as origens da minha família. Supunham, entre outros lugares: Líbano, Israel, República Tcheca, Grécia. Meu bisavô nasceu na Romênia, mas ninguém tinha como saber.

Não sei quantas pessoas estiveram a ponto de me perguntar de onde é que vínhamos sem que antes sentissem uma gagueira e pensassem melhor.

Uma dessas perguntas inocentes que pressupõem
origens
a partir da
pele
roupa
voz
sotaque.

Quando meu pai trabalhou na Romênia, uma vez lhe parabenizaram pelo seu excelente sotaque inglês.

Posso especular quantos membros de nossa família falavam romeno, iídiche, galês, ou qualquer outra língua que não a inglesa,
mas meu pai é monolíngue.

Uma vez, enquanto esperava o ônibus de madrugada a caminho de casa, no mesmo bairro onde nasci e cresci, também me perguntaram sobre a origem do meu sotaque.

Pode ser que as outras línguas que aprendi provoquem efeitos imprevisíveis no meu modo de falar.

Ou talvez eu tivesse bebido demais.

Já faz muito tempo que não ouço esse tipo de pergunta.

Tomei o mesmo rumo de Ofélia
em direção ao norte.

Em algum momento, Ofélia e eu perderemos a identidade.

2. A PREVISÃO SETORIAL

A previsão setorial para as próximas
vinte e quatro horas

Viking, Utsira do Norte: ciclônico, seis
para vendaval oito, virando noroeste
cinco ou seis, chuva ou pancadas, bom,
às vezes ruim.

Utsira do Sul, Quarentões: sudoeste,
seis para vendaval oito, guinando
noroeste cinco ou seis, pancadas,
moderado ou bom.

Cromarty, Quarto, Petitim: oeste ou
sudoeste, cinco para sete, pancadas, bom.

Cachorrão: oeste ou sudoeste, seis
para vendaval oito, chuva ou pancadas,
moderado ou bom.

Pescador: sudoeste guinando oeste, cinco
para sete, pancadas, bom.

Mordida alemã, Humber: oeste ou sudoeste,
seis a vendaval oito, pancadas de rajada,
moderado ou bom.

Tâmisa, Dover: sudoeste guinando oeste,
seis para vendaval oito, ocasionalmente
vendaval severo nove ao início, chuva ou
pancadas

Bruxo, terra do Porto: oeste virando
ciclônico durante um tempo, sete para
vendaval severo nove, ocasionalmente
temporal dez ao início, chuva
ou pancadas trovejantes, bom,
ocasionalmente ruim.

Plymouth, Biscaia: oeste, vendaval oito
para temporal dez, aumentando para
temporal violento onze
                    aumentando
                    aumentando
onze ao início, chuva ou pancadas
trovejantes, moderado ou ruim.

Tegunda, **Rede-Veloz:** sete para vendaval
seis mais tarde, pancadas trovejantes de
rajada, bom,
nove, chuva ou pancadas de rajada,
moderado ou ruim.

Rochatudo, Malin: ciclônico, virando
noroeste, sete para vendaval severo
nove, pancadas de rajada, moderado,
ocasionalmente ruim.

Hébridas, Bailey: ciclônico, virando
noroeste, cinco para sete, pancadas, bom.

Ilha Justa, Faroé: norte ou noroeste,
cinco para sete, pancadas, bom.

Sudoeste da Islândia: nordeste, cinco
para sete, pancadas, bom.

Acontece frequentemente
que viajo em sentido horário
pelo país onde nasci.

Antes de deixar o Reino Unido pela primeira vez,
viajamos, meu pai, meu irmão e eu,
para as Terras Altas.

Subimos pelo noroeste da Inglaterra
em direção à fronteira
e depois até Glasgow.

No dia seguinte, seguimos rumo ao norte pela costa
antes de voltar ao sul em João dos Mil-réis,
em direção a Edimburgo e a Londres.

Acho que cogitamos uma visita a Peebles
onde o pai do meu pai morou quando criança,
mas decidimos pegar outra rota, afinal.

Só depois de meu avô morrer
eu lembrei do *Scots Dictionary*
que ele tinha na estante da sala.

Ninguém jamais tinha mencionado

que aquele livro não era
sobre escoceses famosos
ou um dicionário de inglês produzido na Escócia.

Aquele terá sido o meu primeiro encontro com outra língua.

Estando sujeito a esse movimento em sentido horário nas noites de insônia, me tranquiliza a lembrança do vento nos nossos rostos no cabo da Ira ao imaginar as Hébridas Exteriores além do horizonte.

Lembro que tirei uma foto de um vale enevoado de Wester Ross para ter como registro quando me mudasse para a Alemanha um mês depois. Não sei exatamente aonde essa foto foi parar, de modo que minha memória sobre aquele lugar é hoje limitada. Terá sido aquela a primeira vez em que não senti vergonha de estar no interior do país onde nasci?

Ao longo da minha temporada na Alemanha, já não me sentia mais constrangido de ser chamado de bicha. De volta a Londres para uma visita, quis viajar com meus pais para os Cotswolds. Quando entramos em Oxfordshire, caía uma névoa que quase nos rodeava. Ao passar do ponto de onde daria para enxergar todo o condado, já não se podia avistar mais nada.

Quando estava na escola, meus professores não mencionaram que Edward Thomas era poeta e que "Adlestrop", que nos fora então apresentado como "prosa", era seu poema mais famoso. Eu nunca tinha estado nos Cotswolds, nem imaginava que os dois condados citados no poema faziam fronteira. Ainda guardo na memória a descrição do canto dos pássaros e da geografia:

> *Sim. Lembro-me de Adlestrop — o nome numa tarde quente quando o trem parou por lá de repente no fim de junho.*

> *Vapor silvava. Alguém tossiu. Ninguém desceu na estação erma, e ninguém veio. O que enxerguei foi Adlestrop — o nome apenas — salgueiros, erva-chorão, capim, doce-do-campo, e fenos secos, não menos que as nuvens no céu, sozinhos, lindos e quietos.*

> *E aí perto o melro cantou e enevoadas ao seu redor, longe e mais longe, cada ave de Oxfordshire e Gloucestershire.*

Mas nunca pude esquecer a poesia presente naquela "prosa":

Sim. Lembro-me de Adlestrop —
O nome numa tarde quente
Quando o trem parou por lá
No fim de junho de repente.

Vapor silvava. Alguém tossiu.
Ninguém desceu na estação erma,
E ninguém veio. O que enxerguei
Foi Adlestrop — o nome apenas —

Salgueiros, erva-chorão, capim,
Doce-do-campo, e fenos secos,
— Não menos que as nuvens no céu —,
Sozinhos, lindos e quietos.

E aí perto o melro cantou
E enevoadas ao seu redor,
Longe e mais longe, cada ave
Dos shires *de Gloucester e Oxford.*

O tempo não pode ser desfeito
e nada pode ser experimentado de novo.

Assim como não se falava de poesia, nem de poetas, também não se falava do colonialismo — era um tema considerado polêmico demais.

Só nos últimos anos, têm vindo à luz documentos que o governo britânico mantinha sob sigilo; documentos que comprovam tortura ou crimes de guerra, bem como a destruição sistemática de arquivos que poderiam:

1. "constranger policiais, as forças armadas, servidores públicos ou outros",
2. "ser utilizados de forma antiética pelos ministros de um governo sucessor".

Um exemplo seria o massacre de 20 mil pessoas como reação à Revolta dos Mau-Mau no Quênia.

À época, utilizava-se a palavra "policiamento".

No Brasil, as pessoas frequentemente ficam surpresas ao saber o quanto estudei de geografia do Brasil na escola. À época, fazíamos estudos de caso tanto sobre a geografia humana quanto física do país.

Nosso professor de geografia dizia que o colonialismo britânico tinha sido "majoritariamente positivo". E acho que também considerava o caso brasileiro como um objeto de estudo menos polêmico, uma vez que o Brasil nunca fez parte do império britânico.

Talvez por isso sentisse já conhecer o Brasil antes mesmo de visitar o país.

É verdade que aqueles estudos de caso não diziam mais
do que alguns fatos
sobre a migração interna
ou sobre uma classificação já obsoleta dos solos tropicais.

Assim como é verdade
que as ondas que chegam
no sudoeste da Inglaterra
seguem os ventos dominantes
e ganham toda a sua força
seguindo em direção ao norte
numa travessia longa

desde o Brasil.

A influência do capital britânico no Brasil depois de 1822 é raramente discutida. Hoje em dia essa relação talvez seja descrita como neocolonial.

À época, utilizava-se a palavra "comércio internacional".

Além disso, muito pouco se falou que a carga principal da *South Sea Company*, naquela que foi a primeira bolha da Bolsa de Valores de Londres, em 1720 — a chamada "bolha dos Mares do Sul" —, era carga humana.

Desconfio que no Reino Unido se considere menos "problemático" falar sobre a "bolha na Bolsa de Valores" do que sobre as relações do país com o mercado de seres humanos escravizados.

Desconfio que no Reino Unido não se considere tão "problemático" falar sobre o fato de que a escravidão jamais foi legalizada no país, embora corresse solta em suas colônias.

Desconfio que no Reino Unido não se considere tão "problemático" falar sobre a proibição do comércio escravista pelo Parlamento britânico em 1807, embora a dívida nacional devido à indenização dos senhores de escravos britânicos só tenha sido saldada em 2015.

À época, utilizava-se a palavra "comércio internacional".

Nunca visitei o Cemitério dos Ingleses do Rio, embora tenha planejado ir muitas vezes. Fica ao norte do centro da cidade, na chamada região portuária.

Durante as obras para as Olimpíadas do Rio, foram descobertos vestígios arqueológicos daquele "comércio internacional", muito próximo do lugar onde a prefeitura ergueria o "Museu do Amanhã". Fica ao norte do centro da cidade, na chamada região portuária.

Curiosa justaposição.

3. AS ESTAÇÕES MARGINAIS

E agora os informes meteorológicos das
estações marginais para as vinte e três
horas zero zero.

Cansão Automático: sul-sudoeste,
três, chuva recente, dezenove milhas,
novecentos e oitenta e um, caindo devagar.

Tempestífora: oeste-sudoeste, dois,
vinte e sete milhas, nove oito zero,
levantando devagar.

Lerwick: norte por oeste, quatro,
pancadas recentes, onze milhas, nove
sete cinco, levantando devagar.

Pavio Automático: noroeste por oeste,
três, chuva recente, vinte e sete milhas,
nove sete nove, levantando.

Aberdeen: oeste por norte, quatro,
vinte e sete milhas, nove oito zero,
levantando mais devagar.

Lucas: oeste-sudoeste, dois, vinte e
sete milhas, nove oito dois, levantando.

Estrondor: sudoeste por oeste, dois,
vinte e duas milhas, nove oito quatro,
levantando.

Bridlington: oeste-sudoeste, quatro, nove oito seis, levantando devagar.

Areiete Barco Ligeiro Automático: sudoeste, oito, quinhentos metros, nove nove três, caindo devagar.

Greenwich Barco Ligeiro Automático: oeste, oito, onze milhas, nove nove nove, levantando.

Ponta de Santa Catarina Automático: oeste, sete, nove nove nove, levantando rápido.

Jersey: oeste, sete, chuva recente, quatro milhas, mil e cinco, levantando.

Mancha Barco Ligeiro Automático: oeste, oito, cinco milhas, mil e dois, levantando mais devagar.

Tolo Automático: oeste por sul, oito, sete milhas, mil e três, levantando mais devagar.

Refúgio de Milford: oeste, seis, dezesseis milhas, nove nove seis, levantando mais devagar.

Minha imaginação geográfica encontra sossego na ordenação do mundo.

Quando estava no colégio, fazia parte do time das olimpíadas de geografia. As perguntas eram, em sua maioria, banais. Uma das provas consistia em reconhecer alguns países observando só o traçado de suas fronteiras terrestres.

Mas no caso do país onde nasci, ao esconder suas fronteiras litorais, o país inteiro simplesmente desaparecia, restando apenas um traço irregular, como uma lua minguante, representando a fronteira terrestre entre as duas Irlandas.

E se revelassem outra vez o traçado do litoral, jamais seria como antes. No país onde nasci, os processos de erosão e deposição nas regiões costeiras acontecem a todo instante. Como resultado, suas fronteiras são sempre moventes.

No Mediterrâneo os ventos são nomeados de acordo com a sua geografia. O vento do norte se chama Tramontana, porque vem dos Alpes. Embora dependa da localização exata no mar, geralmente o Siroco vem da Síria e o Libeccio da Líbia.

Até hoje a migração segue a direção do vento.

Uma vez, quando criança, passamos as férias em Creta. No último dia, o céu ficou alaranjado e o ar cheio de areia do Saara. O voo atrasou devido ao vendaval. Estar em meio à poeira de um lugar, nesse caso da Líbia, não quer dizer estar neste lugar.

Na Inglaterra, um nome como Tramontana não faria sentido. Não há nenhuma montanha protegendo o país dos ventos do Polo Norte.

Durante várias noites de inverno, planejava poemas olhando a lua sob aquele vento do norte. Havia vendavais todas as noites que deixavam o céu nítido e glacial.

Aquela imagem deveria ser uma metáfora para os poemas que planejava, mas esse projeto foi abandonado.

Uma vez mandei uma gravação em que lia este texto para uma escritora que nunca havia encontrado pessoalmente. Algumas noites depois ela a reproduziu junto com outras gravações que lhe foram enviadas de outras partes do mundo tudo em *loop* em quatro alto-falantes instalados em seu apartamento. Imagino que foram muitas palavras lidas, cantadas — até gritadas, acho.

Segundo ela,
não houve coordenação
nem entre as vozes
nem entre as falas.

Posso imaginar de que modo músicas e vozes interagiram,
posso inclusive ouvir as gravações aleatoriamente,
mas jamais poderei experimentar
o que terá sido ouvir aquelas músicas e vozes
naquele momento e lugar.

Diz-se que a música forma um padrão lógico de mutabilidade e que qualquer fragmento de música em qualquer lugar do mundo possui uma probabilidade acima de 94% de repetição. Além disso, sabe-se que é possível reconhecer algumas peças musicais com apenas um par de notas.

Apenas uma palavra pronunciada é suficiente para que se reconheça a voz de uma pessoa conhecida.

Em 2013, visitei o Inhotim com meus pais. Ali, experimentamos a instalação sonora *40-Part Motet*, de Janet Cardiff.

É uma gravação da peça musical, *Spem in alium*, do compositor renascentista inglês, Thomas Tallis.

Como a peça não tem nenhum instrumento, ela soa muito frágil, feita apenas de vozes e harmonias.

Tallis a escreveu durante a Reforma protestante
e apesar de não ter negado o catolicismo,
ele e William Byrd eram as únicas pessoas
que podiam compor música em partitura na Inglaterra.

Foi uma época de isolamento
na qual a execução
de música de outros países
       fora proibida.

Imagino o canto dos pássaros,
o som dos insetos e o vento
abafados por um grande silêncio
que emanava das catedrais
e das ruínas dos mosteiros e caía
sobre o país que também à época cortara
relações com o continente.

Em *40-Part Motet*, Janet Cardiff gravou cada um dos quarenta cantores individualmente na catedral de Salisbury. Cada voz é reproduzida por um dos quarenta alto-falantes distribuídos em círculo na sala.

Caminhamos pelos jardins
até um pavilhão branco
e entramos
pelas portas corrediças.

        Fui até o meio

e dei um passo
em direção
a um alto-falante
silencioso.

                Uma voz me acolheu
                    enquanto me aproximava
        e virei à esquerda.

        A próxima voz me acolheu
            enquanto me aproximava
    e continuei
em sentido anti-horário.

Minha mãe diria mais tarde que aquela fora a experiência que mais lhe fizera sentir como deve ser estar no céu.

Às vezes são essas as vozes que me ajudam
a dormir no quarto escuro.
Sinto que minha visão se adapta,
as cores deixam de ser perceptíveis,
outros fotorreceptores passam a enxergar,
a sombra da árvore ali no mundo
é clara com um manto
                                  ameno e manso.

Naquele tempo minhas retinas doíam.
O sol refletia no mar e nas nuvens,
depois refletia na tela do computador,
depois entrava nos meus olhos.
Eu esquentava minhas mãos e as pousava
sobre eles. Era preciso dormir cedo.

Talvez nunca tenha me acostumado à luz do Brasil.
Aprendi que essa condição se chama fotofobia,
o que não quer dizer exatamente ter "fobia da luz".

A visibilidade é prevista, mas não a luminosidade. Talvez haja um acúmulo de pressão.

Por vezes observava que estava levantando mais devagar. Não sentia mais o tempo passando devido à falta de estações marcadas. No Brasil, os efeitos temporais nos tomam de assalto.

Não sei dizer ao certo se não teria sentido coisa semelhante no país onde nasci.

O que me liga ao lugar são as pessoas, a língua, a memória, o mar, os documentos, ~~o direito de votar~~.

4. ÁGUAS COSTEIRAS

E agora a previsão do tempo para as
águas costeiras da Grã-Bretanha e da
Irlanda do Norte,

válida para as próximas vinte e quatro
horas, publicada pelo Departamento
Meteorológico às vinte e três horas
zero zero de domingo 31 de dezembro

A situação geral:

Áreas de baixa pressão movendo sobre o
Reino Unido tornarão o mar agitado com
ventanias no Ano-Novo, um sulco transitó-
rio de alta pressão trará condições ligei-
ramente mais tranquilas na noite de segun-
da-feira, antes de depressões atlânticas
causarem perturbações na terça-feira.

Do cabo da Ira até cabeça de Rattray inclusive Orkney: oeste ou noroeste, quatro ou cinco, aumentando seis às vezes, pancadas, bom.

Cabeça de Rattray até Berwick sobre Tweed: oeste ou sudoeste, guinando oeste ou noroeste mais tarde, cinco ou seis, ocasionalmente sete ao início, pancadas, bom.

Berwick sobre Tweed até Whitby: oeste ou sudoeste, guinando oeste ou noroeste mais tarde, cinco ou seis, aumentando sete às vezes, pancadas, bom.

Whitby até ponta de Gibraltar: oeste ou sudoeste, guinando oeste ou noroeste mais tarde, cinco para sete, pancadas, bom.

Ponta de Gibraltar até Norte da Terra de Frente: sudoeste, guinando oeste mais tarde, cinco para sete, ocasionalmente vendaval oito ao início, pancadas com rajada, chuva durante um tempo no Sul, bom, ocasionalmente ruim no Sul.

Norte da Terra de Frente até bico de Vendamar: oeste ou sudoeste, sete para vendaval oito, ocasionalmente vendaval severo nove ao início, pancadas com trovões e rajada, chuva durante um tempo, justo mais tarde, moderado ou bom, ocasionalmente ruim.

Bico de Vendamar até Limão Regis: oeste, seis para vendaval oito, ocasionalmente vendaval severo nove ao início, voltando sudoeste cinco para sete durante um tempo, pancadas com trovões e rajada, chuva durante um tempo, justo mais tarde, moderado ou bom, ocasionalmente ruim.

Limão Regis até Fim da Terra inclusive ilhas do Tolo: oeste, sete para vendaval severo nove, voltando sudoeste cinco para sete durante um tempo, então diminuindo cinco ou seis mais tarde, pancadas com trovões e rajada, chuva durante um tempo, justo mais tarde, moderado ou bom, ocasionalmente ruim.

O lago em Claremont

Quando éramos crianças, meus avós me levavam junto com minha irmã para ver as atrações turísticas de Londres durante as férias escolares.

O poder associado à Torre de Londres ou ao Palácio de Hampton Court era facilmente explicável: reis e rainhas, ciclos de divórcio, decapitação, morte, uma flecha no olho, *and all that*.

Um dos lugares que mais frequentávamos era o Claremont Landscape Garden, que ficava a pouco mais de meia-hora de carro da casa onde cresci.

O jardim foi planejado em estilo inglês: um engano cuidadosamente apurado e desenhado para imitar algum lugar paradisíaco, com córregos discretamente represados e uso perspicaz da perspectiva.

Íamos ao jardim com frequência suficiente para discutir enquanto estacionávamos o carro qual seria o rumo que então tomaríamos. Não sei se caminhávamos mais em sentido horário ou anti-horário. Duas das quatro pessoas naquele carro já morreram. Não é mais possível averiguar esses detalhes.

Não sei se ali havia placas contando a história daquele lugar. Embora hoje saiba que foi criado pelo Duque de Newcastle, que encomendara o projeto aos melhores paisagistas da época.

Não me lembro se lá havia uma casa até começar a dirigir e poder ir até lá de carro, quando meu pai me acompanhava para eu ganhar mais experiência ao volante.

Agora sei que a casa foi desenhada por Capability Brown para Robert Clive, mais conhecido como Clive da Índia, um dos homens mais ricos da história que fez sua fortuna dando seu apoio a uma série de golpes de Estado entre os príncipes de Bengala e conseguindo a permissão do imperador mogol para que a Companhia Britânica das Índias Orientais recolhesse impostos no leste da Índia. Em vez de serem enviados ao imperador, esses impostos eram repatriados ao Reino Unido, voltavam a Londres, onde eram redistribuídos como lucro aos acionistas da Companhia — o que daria o pontapé inicial para a Revolução Industrial. Enquanto do outro lado Bengala sofria com a fome.

A obra foi terminada em 1774, no mesmo ano em que Clive se suicidou e um ano depois de o governo efetuar o resgate financeiro da Companhia.

Há quem fique surpreso ao saber que o empreendimento imperial britânico foi construído graças a sociedades anônimas, e não graças ao poder estatal.

Talvez isto explique alguma coisa: um quarto dos parlamentares detinha ações na Companhia das Índias Orientais e qualquer freio aos interesses da Companhia poderia levar à perda de lucro dos acionistas, ou à quebra do país. Além disso, as doações judiciosas de lucros repatriados para a Coroa, a compra de parlamentares pelo sistema dos "burgos podres" e contratos falsificados não eram desfavoráveis aos interesses do empreendimento.

No Brasil, a integridade e pontualidade dos ingleses é proverbial. Pode ser uma ficção útil, mas eu sempre associei isso com a frase "para inglês ver", utilizada para se referir à "maquiagem" que se aplica a alguma coisa mal-acabada. O resultado disso é que levei muitos anos para confiar no que via ou no que era mostrado para mim.

Ouvi falar que a frase se originou no século XIX, quando as ferrovias brasileiras foram construídas com capital britânico de empresas sediadas em Londres que repatriavam retornos garantidos de até 10% ao ano. Ninguém sabe onde o lucro desse empreendimento era utilizado, talvez em propriedades privadas, como casas ou jardins que hoje em dia são lugares de lazer e esquecimento para famílias nos fins de semana.

Também já ouvi dizer que a frase surgiu quando uma comitiva real inglesa viajou à Rússia, uma série de aldeias-fantasmas teria sido construída para impressionar os visitantes. Os russos, no entanto, não atribuem essa frase a qualquer visita de comitivas inglesas; na versão deles, diz-se que essas aldeias-fantasmas teriam sido construídas por Gregório Potemkin que, por alguma razão, queria enganar a Imperatriz Catarina.

Segundo outra teoria, a frase vem de um tratado entre o Reino Unido e o Império do Brasil que reconhecia a independência deste e o obrigava a suspender o comércio transatlântico de escravizados em dez anos.

O tratado falava sobre "comércio", não sobre "escravidão".

On Hungerford Bridge

Essa água carregada de lodo
bate ritmicamente nos postes
e começa a me chamar de volta.

"Logo terá novos prédios ali,
novas linhas de trem pra ir a casa"
e essa água começará a berrar alto.

Será expedida uma carta (Sedex)
com resmas de papéis autenticados
que leva a outra carta incompreensível.

As palavras que eu entendo
dizem apenas SOLICITAÇÃO NÃO DEFERIDA:
"Obriga-se ao cidadão britânico

que demonstre um rendimento mínimo
caso queira residir no país
vivendo com um cônjuge estrangeiro".

Ou ao voltar a casa encontro a carta
que exige que ele deixe o país
e nossa vida conjunta imediatamente.

Temos medo de pendurar quadros
e arrumar os livros na estante,
quando é disso que fizemos a vida.

Resta só uma Inglaterra imaginada
que preenche o vazio de tantas vidas
desterradas e exiladas daqui

reverberando com os sons de poemas
e com os livros, enquanto eu subo
na "Ponte Vau da Fome" e peço ao Tâmisa:

"Por que não pode me acolher de novo
e me embrulhar em seu leito na maré baixa
para que meu corpo suma em seu lodo?"

Ninguém planeja a morte natural
longe da família. Os terapeutas
só tratam disso se for trauma, não lei.

E o rio continua com seus rabiscos,
imigrando e emigrando todo dia.
A única raiz que a água entende, flui.

Na zona portuária

Encontramos a mulher que nos guiaria em frente ao MAR, o Museu de Arte do Rio, e a primeira coisa que ela nos mostrou foi uma série de mapas que revelava como aquele comércio foi ocupando cada vez mais espaço, o que exigia que o mar fosse pouco a pouco aterrado.

Seguimos pelo caminho que um dia foi quebra-mar e, antes de chegar à Pedra do Sal, paramos na sede do quilombo cuja existência era completamente desconhecida por mim, enquanto a guia nos contava da luta que a comunidade ainda precisa travar para não ser expulsa.

Paramos na Pedra do Sal e a guia nos mostrou ainda algumas litografias de Debret que ilustram torturas e açoites na rua antes de nos falar sobre os panos brancos nas janelas que sinalizavam pouso e comida para os libertos, antes de nos contar sobre os escravizados que descarregavam o sal, carregando-o sobre as costas pela viela que então subíamos.

Subimos até a praça e, aos pés da virgem, ouvimos sobre os quatro morros que enclausuravam a antiga cidade, ouvimos sobre as velas acesas nos nichos dos santos que à noite eram as únicas luzes das vielas, ouvimos que estávamos no topo do último morro que restava tal como era, diferente do Morro do Castelo, que há quase um século havia sido completamente arrasado.

Descemos do morro e seguimos para o chamado Jardim Suspenso, construído para o lazer da classe média diante das antigas "casas de engorda" de escravizados. Paramos ao lado de uma estátua de Minerva, a deusa da sabedoria, esculpida em material branco, de onde avistamos a praça que acumula séculos de desenvolvimento tecnológico no ramo da construção naval e das ciências geográfica, oceanográfica e meteorológica, de onde se procurava medir a longitude, entender as correntes do Atlântico, prever a direção dos ventos e minimizar a perda de carga humana. E foi também dali que avistamos uma mulher negra — invisíveis ela e sua raça conforme o código de conduta dos brancos — depositando cem quilos de areia sobre a cabeça de um homem, ele também negro, que carregava aqueles sacos para dentro do lugar que séculos atrás havia confinado e torturado seus antepassados.

Terminamos a visita no Cemitério dos Pretos Novos, ao lado das escavações de um lugar minúsculo onde centenas, talvez milhares de pessoas, foram *desovadas* — foram tantos os cadáveres que precisavam ser remexidos constantemente a fim de que coubessem mais e mais —, nas paredes do lugar havia reproduções de anúncios de jornais nos quais famílias procuravam comprar uma "escrava de meia idade sem vícios" ou encontrar um negro fugido que "arrasta uma perna, parece que a esquerda".

Estamos atrasados e não temos mais tempo para andar um pouco mais até o Cemitério dos Ingleses, fundado na mesma época em que africanos escravizados eram sepultados em vala comum; o Cemitério dos Ingleses não foi soterrado ou esquecido, de modo que ainda é possível encontrar os treze nomes dos soldados que jazem ali, com informações a respeito de suas idades, datas de falecimento, regimentos de duas guerras mundiais; mas não é possível saber um só nome de qualquer um daqueles africanos — centenas, talvez milhares — a ponto de ser considerado um milagre que ainda haja ossos suficientes para que um esqueleto seja aos poucos reconstruído.

Há respostas que nunca saberemos.

Que isso não nos impeça de perguntar.

"Justo mais tarde." Não se deve aceitar que a justiça tarde.

5. HINO E ENCERRO

Fim da Terra até Cabeça de São Davi inclusive canal de Bristol: oeste ou noroeste, voltando sudoeste durante um tempo, seis para vendaval oito, ocasionalmente vendaval severo nove ao início, voltando oeste ou sudoeste cinco ou seis mais tarde, pancadas com trovões e rajada, trovões no início virando justo mais tarde, bom, ocasionalmente ruim.

Cabeça de São Davi até Cabeça do Grande Orme inclusive canal de São Jorge: sudoeste, seis para vendaval oito, diminuindo quatro ou cinco mais tarde, pancadas com rajada, justo mais tarde, moderado ou bom.

Cabeça do Grande Orme até Matuta de Galloway: oeste ou sudoeste, guinando noroeste mais tarde, seis par vendaval oito, talvez vendaval severo nove mais tarde, então guinando oeste cinco ou seis mais tarde, pancadas com rajada, moderado ou bom.

Ilha do Homem: oeste ou sudoeste, seis ou sete, guinando oeste ou noroeste, sete ou vendaval oito, então diminuindo cinco ou seis mais tarde, pancadas, bom, ocasionalmente moderado.

Lough Foyle até Carlingford Lough: oeste ou sudoeste, guinando noroeste, seis

para vendaval oito, então voltando
cinco ou seis mais tarde, pancadas com
rajada, ocasionalmente trovões no início,
moderado ou bom.

**Matuta de Galloway até Matuta de Kintyre
inclusive Braço do** Clyde e canal do Norte:
oeste ou sudoeste, guinando noroeste
mais tarde, cinco para sete, aumentando
vendaval oito às vezes, talvez vendaval
severo nove durante um tempo em Canal do
Norte, voltando oeste cinco ou seis mais
tarde, pancadas com rajada, moderado ou
bom.

**Matuta de Kintyre até ponta de
Ardnamurc**han: sudoeste virando
ciclônico depois noroeste cinco para
sete, aumentando vendaval oito às vezes,
voltando oeste cinco ou seis mais tarde,
pancadas com trovões e rajada, bom,
ocasionalmente ruim.

Ponta de Ardnamurchan até cabo da Ira:
ciclônico, quatro ou cinco, virando
noroeste cinco ou seis, ocasionalmente
sete no Sul, depois virando variável
três ou quatro mais tarde, pancadas, bom.

Ilhas de Shetland: nordeste, cinco
para sete ao início no Leste, senão
norte ou noroeste, três ou quatro,
aumentando cinco às vezes, pancadas, bom,
ocasionalmente moderado ao início.

Minha presença é vista através de uma lente de fatores especificamente geográficos e históricos.

Eu poderia falar essa língua perfeitamente, mas ainda assim meu nome sempre me trairia.

Há fatos que uma vida inteira de estudos não poderia esclarecer.

Dizem que, depois dos 24 anos, nossa capacidade de construir uma identidade a partir da música.

A maioria dos seres humanos reconhece acima de mil canções.

Deixei o país onde nasci aos 25.

Estou me aproximando do limite do terceiro circuito da costa.

Não é a canção que me embala, senão a voz.

Nas noites infelizes, já estou dormindo nas estações marginais e o hino me acorda.

O que me liga ao lugar são as pessoas, a língua, a memória, o mar, os documentos.

Não se deve aceitar que a justiça tarde.

Troco para a *onda longa*.

Encerro assim.

Completa-se, aqui, o Boletim de Navegação.

AURORA

As condições de pressão mudam
Essa calma foi ilusão
O vendaval pesa nas cortinas
E todos juram não ter visto o que escondiam

Os jovens que corriam com escolta armada apenas faziam exercício
Qualquer advertência suprimida do dossiê não serviria ao objetivo
Esses fatos apoiam a ação que os mesmos fatos parecem refutar

A inteligência é a dúvida

    Levantando devagar

Para o período da previsão
a METAREA V estará
sob influência de um sistema frontal
que avançará pelas áreas
ALFA
e SUL
OCEÂNICA
influenciando as condições do tempo
ocasionando com isso
ventos fortes e agitação.

A zona de convergência
deverá perder intensidade.

Ainda
há áreas de instabilidade
atuando nas regiões
Nordeste
Norte
e Centro-Oeste
do Brasil.

Não há avisos de mau tempo em vigor.

Previsão válida para os próximos
dois dias.

Copyright © 2022 Rob Packer

Todos os direitos reservados. Nenhuma parte desta obra pode ser reproduzida, arquivada ou transmitida de nenhuma forma ou por nenhum meio sem a permissão expressa e por escrito da Editora Fósforo e da Luna Parque Edições.

EQUIPE DE PRODUÇÃO
Ana Luiza Greco, Fernanda Diamant, Julia Monteiro, Leonardo Gandolfi, Mariana Correia Santos, Marília Garcia, Rita Mattar, Zilmara Pimentel
REVISÃO Gabriela Rocha
MAPA DA PÁGINA 9 National Meteorological Library and Archive, Met Office, imagem tirada da "Fact Sheet 8 — The Shipping Forecast"
PROJETO GRÁFICO Alles Blau
EDITORAÇÃO ELETRÔNICA Página Viva

Dados Internacionais de Catalogação na Publicação (CIP)
(Câmara Brasileira do Livro, SP, Brasil)

Packer, Rob
 A previsão do tempo para navios, ou, Meteoceanográficas, ou, Aviso de mau tempo / Rob Packer. — São Paulo : Círculo de poemas, 2022.

ISBN: 978-65-84574-32-8

1. Poesia brasileira I. Título. II. Título: Meteoceanográficas. III. Título: Aviso de mau tempo.

22-129356   CDD — B869.1

Índice para catálogo sistemático:
1. Poesia : Literatura brasileira   B869.1

Cibele Maria Dias — Bibliotecária — CRB-8/9427

CÍRCULO *Luna Parque*
DE POEMAS *Fósforo*

circulodepoemas.com.br
lunaparque.com.br
fosforoeditora.com.br

Editora Fósforo
Rua 24 de Maio, 270/276, 10º andar
01041-001 - São Paulo/SP — Brasil

Você já é assinante do Círculo de poemas?

Escolha sua assinatura e receba todo mês em casa nossas caixinhas contendo 1 livro e 1 plaquete.

Visite nosso site e saiba mais:
www.circulodepoemas.com.br

CÍRCULO *Luna Parque*
DE POEMAS *Fósforo*

Este livro foi composto em GT Alpina e GT Flexa e impresso pela gráfica Ipsis em outubro de 2022. Ligamos o rádio para ouvir a previsão do tempo para navios: agora alerta de temporal.

A marca FSC® é a garantia de que a madeira utilizada na fabricação do papel deste livro provém de florestas gerenciadas de maneira ambientalmente correta, socialmente justa e economicamente viável e de outras fontes de origem controlada.